《新时代诗库》编委会

伟大的蓝色

汤养宗 著

中国言实出版社

图书在版编目(CIP)数据

伟大的蓝色 / 汤养宗著 . —— 北京 : 中国言实出版
社, 2023.6
　　ISBN 978-7-5171-4496-0

　　Ⅰ . ①伟… Ⅱ . ①汤… Ⅲ . ①诗集 – 中国 – 当代
Ⅳ . ①I227

中国国家版本馆 CIP 数据核字（2023）第 104897 号

伟大的蓝色

责任编辑：郭江妮　邱　耿
责任校对：王蕙子

出版发行：中国言实出版社
　　　　　地　　址：北京市朝阳区北苑路180号加利大厦5号楼105室
　　　　　邮　　编：100101
　　　　　编辑部：北京市海淀区花园路6号院B座6层
　　　　　邮　　编：100088
　　　　　电　　话：010-64924853（总编室）　010-64924716（发行部）
　　　　　网　　址：www.zgyscbs.cn　电子邮箱：zgyscbs@263.net

经　　销：新华书店
印　　刷：北京温林源印刷有限公司
版　　次：2023年7月第1版　　2023年7月第1次印刷
规　　格：880毫米×1230毫米　1/32　6.875印张
字　　数：202千字

定　　价：58.00元
书　　号：ISBN 978-7-5171-4496-0

新　时　代　诗　库

汤养宗，1959 —，著名诗人，闽东霞浦人，中国诗歌学会副会长，福建省作协副主席。主要诗集有《水上吉普赛》《去人间》《制秤者说》《一个人大摆宴席 汤养宗集（1984——2015）》《三人颂》及散文集《书生的王位》等多种。曾获得鲁迅文学奖，丁玲文学奖诗歌成就奖，储吉旺文学奖，人民文学奖，诗刊年度诗人奖，中国年度最佳诗歌奖，新时代诗论奖等奖项。作品入选于各种文学选本，写有一定数量的诗学随笔，部分作品被翻译成外文在国外传播。

Tang Yangzong, born in 1959, is from Xiapu, Fujian. He serves as the vice president of the Poetry Institute of China as well as the vice president of Fujian Writers Association. His works include "Gypsies on Water", "In This World", "The Scale", "Collection of Tang Yangzong, 1984-2015", "The Three Man Anthem", "The Scholar's Throne". Tang was also awarded "Luxun Literature Award", "Dingling Poetry Award", "Chu Jiwang Literature Award", "Renmin Literature Award", "Poet of the Year from 'The Poetry'", etc.. His works are collected in many literature collections and many are translated into different languages.

目 录

CONTENTS

第四辑

第一辑

一生爬坡才立命于这梦中高原
为的就是汇入伟大的蓝色
成为澎湃与荡漾开来的一部分

一首诗的入口处也是大海的

在一首诗的入口处，有人

拿我对口音，暗语，手往我的袖口里

捏两下，或者再扯三下

相当于要验明正身，相当于

我与脱离了大本营多年的细作们差不多

甚至，还要看一看身体上的胎斑

那孤寂的印记，也是一个人

安置自己的标本，至此

暗合在天地间的某种关系终于被确认

证实我与大海果然还留有一手

多少年多少事的原委

通过——辨认，我作为诗人

走向这首诗的入口处，就在这里

谢天谢地，我还能把身体

带回来归还给大海，等于是

原物奉还，这真是差点被遗忘的荣誉

关于海，我阴影的部位也有光

有某些东西是不朽的，比如我蓝色的手语

2023 年 2 月 18 日

一个少年在海边看到多次的日出

年少时我在海边看到一天中五六次的日出

蛋剥开又是一颗蛋，天空剥开皮

里头还是一颗接一颗新鲜的太阳

惊讶于这样的多出来

很是不得要领，无法读懂天空与大海的秘籍

感到热血在被添注热血

好多命要加载于我命中

我自很小的时候就与魔幻的文字关系很纠缠

当在那个清早，看到了多次的日出

2023 年 3 月 5 日

向大海

向大海，向那高地，视觉的坡度

地球的蓝血液在那里涌动

向辽阔而浩瀚的秩序

加入自己的名字，在飞溅的风浪间

与狮虎争夺地盘，与大鲸鲨鱼

计较作为原住民的名分

错开的族类，依然需要争辩谁是谁

深海中野性聚集的一切

都会呈现于自己的主场

去吧，去那喧腾中领取你的心跳

在海腥香里耕耘好你的波浪

一生爬坡才立命于这梦中高原

为的就是汇入伟大的蓝色

成为澎湃与荡漾开来的一部分

你已真正穿越沉浮、生死

经历大潮与小潮，并爱上自己的颠簸

世界指认，说这个人是蓝的

何谓到达？让大海认下就是到达

2023 年 3 月 3 日

船骨

我拍摄过许多破损的船骨，并留下

版本各异的照片，最大的共同点是

无论船体如何四分五裂

作为船脊梁的龙骨总会完整保留下来

不同于大街边出售的虎骨、虎鞭

以及被剥下来的斑斓的虎皮

早些年，这些遗弃的木头

人们都以共同的忌讳继续闲置着

是大海的遗存，也是谁的遗体

人间最大的叹息莫过于这些木头

恍惚间若有若无的动静

现在不同了，人们发现

不腐的船板，都是海水浸泡过的精木

它们被锯下制成了酒吧里最时尚的桌具

然后是红男绿女们在上面敲杯

声音很特别，赌酒或说爱

便有现成的大海在作证

全然没想到，被他们敲击的
曾经是，大海脾气很坏的一块骨骼

2023 年 2 月 20 日

大海也有自己的小孤欢

海洋的手说大也大说小也小，它也有
自己握不住的什么，也有要脱手的
够不着与放开自己。大海对自己的放过
就是天底下最大的放生
大海也害怕把什么都交给自己
它也有私下的小孤欢
密不宣人地在不声不响中
涨潮了，又在
不声不响中，收回被自己鼓起的部分
那些连大海也装不下或不想装的
都有老天爷在作证，老天爷从不对我们
说明，那是些什么

2023 年 2 月 19 日

星空下的三桅船

比一只大鸟整整多出了一面翅膀，这艘船
梦的坚持者
在月光之上运载着月光

运载着我的幻觉，这没有
阴影的飞行物，好像不属于人间
不可能留下擦痕那般地，正从水面离开
这行动着的梦幻者，被浪声
托起的呼吸，也在脱离海洋

它身上肯定没有缆绳，它肯定不适合于
我们认知的铁锚和码头，而更加
适合于香气和花丛
它是那种蝴蝶，把大海比作眠床
又不是眠床的蝴蝶

波水之上它已越来越白，这被揣测

另有一番路途的夜行者，正使用三面翅膀

拍打着我湛蓝的神经，在月光之下

解脱原有的航程，怀揣着

神一样的心事，要从水面起飞

这身份不明的天神，正身怀着飞翔的技艺

要去恢复从海面通向天空的路

它肯定与白云密约过

并已成白云的同盟者

在辽阔的星空下，这梦幻般的三桅船

2023 年 2 月 13 日改

海星星

让我到最深的海底仰望星空！让我
在下沉中上升，头朝下
在大海深处打开被白云封锁的方向

这海底高处的灯，只有在向下的
攀援中，才能下沉接近
它的光芒，那湿漉漉的深渊里的光芒

对于什么是星光，我们逻辑中的常识
已经不够，单有仰望的眼睛
我们已经无法分辨
海底还有另一个星空，那深处
幽闭的星光，被太多的夜行者错过

要用怎样的嘴唇，才能准确地说出
在深处，我们还有另外的
缅怀，这自我克制的火

点亮在深海下的火

被海水养着，光芒四射，却又有点幽暗

这深水之下坚执地发出神光的火种

只有在梦幻的另一面，才能够看见

我知道最高的灯，并不在天上

让天空里所有的光都暂时与我们无关

让大地上所有的追光者，再一次伸出十指

摸到这首诗，摸一摸天堂确凿的位置

2023 年 2 月 13 日改

大海腥香

我们走在大街上，会反复遇到一些
体息浓重的人，她们泄露了
这幽香的来处，说致幻的东西
都具有手感上的波纹，无法细究
但令人恍惚，在看不住中不断趋近
仿佛它是来安抚这个世界的
或者，要让我们与什么
在物理上隔开，融入飘扬的气体
服从浩瀚的秩序，跟着它的神性
也成为汹涌的一部分
说着说着，我们就说到了大海的腥香
这香气覆盖着名词、动词、形容词
亘古以来，人类被这气息
牵引着穿过生死，并为之
低头密议，相聚或散场，都活得
心中有数，精神上，也总是一再荡漾

2021 年 8 月 24 日

群岛

浩浩汤汤中的葡萄串，将星粒的梦想
一下子撒开，群岛出现，天空空掉
海神看见了下凡的牛羊

眺望群岛，眺望一些土地形影零落地
远足，我们身体里亲爱的骨头
一下子也找到了分散开的形式

在大陆架以外，它们是我身体外的身体
沿着不经意的路径，踩着波水
气象一路撒开，展开了浩大的灵魂

它们忘记了恪守于谁的承诺
在海面列队，集体的气息
类似于松香粒，类似于形散神不散的信念

喊声加重了这白云与心跳的血缘关系

我们担心任何捡贝壳的手，也捡走了
那存放在海天之间的心跳

这些仿佛飞过一遍的土地
用距离说出了我们的倾诉与牵挂
同时也看到祖国牢不可破的力和时间

眺望群岛，眺望也在向我眺望的祖国
血脉相连的星粒，它们是我
分散的骨骼，也是珍珠玛瑙、钻石和梦乡

2023 年 2 月 23 日改

一条鱼的疼痛就是大海的疼痛

每片海域都有神经末梢

波纹的细致处，也有森林中的鸟鸣与落叶

整体的疼痛来自具体的疼痛

鱼用通身的火焰漫游着

火在四面的水声中，鳞光闪闪，灼疼了

养活它的海水

一条鱼的疼就是大海的疼

它的骨骼刻写着波水中火焰的形状

每条鱼都是火的携带者，又都是海的阴影

交错着火和阴影，水声里的疼

传遍整个海域，那疼痛的地方

说出来有，摸上去却说不出具体的位置

2023 年 2 月 18 日

那天，大海像一壶闷酒放在我右边

时光的意味有时是咸的有时是酸的

绕不过去的口感中

还有一种叫不动声色的东西，它与苍茫同坐

小身体与大辽阔，天海茫茫，波澜不惊

心中有铁，有大石、波水

与酒同烈，可以一壶在手

仿佛天地间的事，只剩下我与海洋两个人的事

那天，大海像一壶闷酒放在我右边

我一口一口来，要这样慢慢地饮尽沧海

2022 年 12 月 27 日

一身鱼纹

她向我展示了妊娠纹、一坡花地、鱼纹

及谁的技法。上面有夜色和银铂

异质相融，以及梦的痕迹

大师是蒙面人，在某林间带，只一闪而过

但秘籍在这刻曝光，仿佛一片狼籍

却符合激情的脾气

掺进来的欢乐，如今片片呢喃

在光洁肌肤与鱼皮间，瞬间汇合

真是有血有肉的旗帜，并被小心置放

这女人身上，有水中的火焰在飘动

我怎敢说写过绚烂的文字，简直是瞎了眼

学习鱼纹上的文字，或许是文盲，起码

另一种母语，拦住我，重新呼吸

2007 年 1 月 6 日

蓝土地

大地以外，另一块更大的牧场铺开

另一些花草摇曳在海天交界处

那里老虎和狮子止步，鱼群繁殖

我的歌谣开出波光上的梨花

潮水生长着无数的常青树

浪水鼓荡，绽放出一群群鲜亮的容颜

弯腰劳作的人，背脊上也长出了鱼鳍

渔业那么响亮，人站在浪尖

被大海一次次举起来，在东方之海

这是我的蓝土地，也是我的蓝故乡

2023 年 2 月 14 日

两只相亲相爱的海豚，就是对大海的贡献

霞浦东吾洋的盐田湾，两条海豚

又呈现出爱嬉闹的本相

它们是兄弟、夫妻，抑或游离于群体的情侣

看来相互间的身体现在都很舒服

需要翻滚，拱出水面，发出人类

无法破译的海豚音

仿佛家里的油米都已备足，老小身心无恙

不撒开闹一闹，对不起自己

更对不起这片水域，那促成

欢快起来的道理，一定是个好道理

那就来吧，你先把身体展开

我再跟着打滚跳跃，海水就是

用来打滚与跳跃的，对应着身子里的节奏

贡献给波水里的弹性

继续啊，亲人。你一下，我也一下

我们欢叫，交颈缠绵，用人类听不懂的语言

2023 年 2 月 6 日

一片海一条鱼一个人的身体

要给什么默许什么。是的，是要给什么
默许什么。一座海在寻找一条鱼
叹息的鱼，在寻找一个人的身体……

2023 年 2 月 27 日

大东西

谁是大东西？大海。让你站远点看
让你把一切倒进来，让你
知道什么叫空空荡荡又不怒自威
看上去似睡非睡，永远是一副无动于衷的模样
只有小东西非常机警，显得通身都是技巧
一呼百应，上下长满手脚
分不清牙齿和嘴巴，聪明又通透
善于繁殖，泛滥成灾，后代无穷

2023 年 1 月 30 日

圣餐

在我的渔村，有时摆上的是一桌海鲜
有时是另外的圣餐
当筷子翻到鱼腹里的毛发或牙齿
眼泪会比海水更凶猛地铺满桌面……

2023 年 1 月 27 日

指认

我指认森林上飞过的是这群鱼

与那群鸟，它们并没有

交换过羽毛，也没有用洋洋盈耳的啼啭

提醒人，飞过的与游过的身影

使用的是不必区分的风姿

而在都市的大街上或超市里、电梯中

或更衣室，游动的也是鳞光闪闪的鱼类

我认得他们身上的那些鱼纹，以及

散发出的鱼腥香，这种指认不会错

也不要总以为，我只是屈从于大海的势力

2023 年 1 月 26 日

我研究过大海的潮差

我研究过大海的潮差，从阴历的十五

到初一，从大潮到小潮

从海上鱼群的聚集到各自散开

背后好像有个敲钟人在伺候着这一切

说时间到了，或下一次涨潮

必须推迟到一个小时后

在月亮与地球之间，在被锁定的

风生水起之际，许多码头

许多等待起锚的船只

都得遵守这些时差

出海，出发，出港

大主张中还有许多可以忽略不计的

小主张，都得服从月圆月缺

涨退间，谁的血压忽高忽低

一直摸不准人间的顺时针或逆时针

那天，海风卷着大潮四起

我躲在一艘老船喝酒

独自算计着这条老命与这个世界的时差

2023 年 1 月 25 日

蓝色血浆

蓝天白云下，这一定是谁为这颗星球

储藏的血浆，这浩渺的液体

没有标出血型，不属于什么种族，却总是

与我们的心跳一起澎湃着

成为我们热烈地生活下去的理由，成为

不竭的力量，让我们借用到了

最辽阔的身体

一切的因果都因为这而有了依据

想一想，我们与这浩瀚的海水

被赋予的亲缘关系

浩大的话语便又要荡漾开来

说汹涌的世界本身就是我身体的底气

在生命里激荡的，一直是这蓝色的浩浩荡荡

2023 年 1 月 24 日

水路

大海永远是种势力。说有就有，说无便无

有自己划出的水路，有允许和迷航

有旧人和新人共同的沉浮

在海上行船的水手，都懂得海洋是危险的

更懂得，用命换来的一条水路

也显得荒凉与杂草丛生

海面上，被你们看成一马平川的波水

在我眼里布满了荆棘和陡坡

那里有人已被封喉

浪朵无法发出水声

夕阳落在海面总是心神不定的样子

在那条水路上，我叫声谁的名字，就有鱼

立即从海底跃出水面

2023 年 1 月 21 日

你和地球一样，也是蓝色的一部分

活到现在，一直在计较，什么叫

湿漉漉

如此潮湿的这条命，怎么也

晒不干也拧不干

大海浩瀚，我们在荡漾中

来回走，并接受另外一个中医的告诫

活在湿重的身体中，你和地球一样

也是蓝色的一部分

保持着观察的习惯，这一生

只能属于蓝，踩出的每一步

都感觉在走水路

习惯性地在空气中又做出拧把水的动作

并常怀悲欣之心

期待大海上每一天的日出

2023 年 1 月 20 日

所有的潮水都很急

每一次的潮水，所有的潮水，都很急

来时都势不可挡，浩瀚地

不断拱起，带着掩盖谁与瞧不起谁的阵势

又要多出来与满出来

大陆架在缩小，岛屿也在继续萎缩

好像谁都不可避免地

双脚又要被浸泡在水里，云要去的地方

显然已水涨船高

只有看潮的我是寂寞的

知道每次的大潮都有

虚张声势的成分，过后的大海

又要回到原来的位置，像个小学生那样

有人责令他重新在场上跑一遍

像个出了远门的浪子

又坐在自家的门槛上

满出来的身体依然空空荡荡，显得没主张

2023 年 1 月 11 日

从鱼皮到花衣

从鱼皮到花衣，从一片海
到一块布。从海腥味
到散布在都市大街及各个角落的幽香
从碧波间的飞溅，到风华流芳
扣好胸前最汹涌的水声
从私密到共识。从用于脱的手
到用于穿的手
异质与共生。从鱼纹，到留在身体上
白姑鱼般光洁又斑斓的妊娠纹

2022 年 12 月 13 日

霞浦

一生中能有一次看到大海日出
便是蜜。也是歌。可以值得
时不时地轻轻哼唱
一生中，不断地与大海与满天彩霞
同见证：自己与这轮日出一而再地
正处在同一个时空中
那简直就是一条值得炫耀的命
我的地盘叫霞浦。跟踪着
文采，可认作：栖霞处，海之浦
全称叫蓝色圣地，栖霞之浦
我就是那个命好的人
梦幻般的海岸是云彩出没的聚集地
经常横空出世，美成
不可一世，给所有人一条多彩的命
我是个稍不小心就浑身上下
涂满色彩的人，常常喜滋滋地
在天地美景中晕头转向

在这里，再木讷的人

也有开花的冲动

身处这里的石头，也是最深情的石头

在闽，闽之东，天光海色中

看海的人无法断定

天空在海里还是大海在天上

但每个人都可以听从

云霞、热血、伟大的蓝

跟着日出，或自带光芒，出场

2022 年 11 月 29 日

人海记

不是所有的水，都能流入大海

大海其实是头顶的高地

多么奇怪的队伍，众人眼里顺流而下的水

被我听到粗重的喘息，背着另一具

错误的身体。许多流水

一直在爬坡，登上必须认下的

峭壁，在攀援中，打开

通往大海的小门与大门，虚门与实门

侧身而过，或者被人牵引

要谁行个方便，低下腰与仰起头

在俯仰间拿到各自的难度

一路向上爬坡的水，把大海认作

精神的高地，而我们时常的

识别中，走向海洋的方向，插满了

被写错的路标，大海太高太陡

致使许多流水沿途流失

在山海交隔的入海处，许多到达的水

才呈现出作为水更合理的形体

流水前倾的身体永远不算

唯一正确或得到确认的身体

在通往海洋的路坡上，到处散落着

大小不等与款式不一的残肢

2022 年 11 月 26 日

白鹭

白鹭站立在海边滩涂上如站立在

人间以外。单立的脚

细长，有一笔尽情写下来的美，不是支架

但完成了力学上

最有呼吸感的站立

它把尖喙插进翅膀下梳理自己的羽翼

藏起的小脸仿佛害怕

被人摄下美人照，或者被

企图靠近的手抚摸一下

还可能被突然甩一记耳光

事实上，我这般写下来也类似于手持凶器

我知道，白鹭的白是人间

不能触及的，到处都是墨水啊

这种白足够让许多人嫉妒

单脚直立的白，雪球般的白，当展开身体

才知道附近拿来比较的，有多黑

2022 年 11 月 16 日

东吾洋上的神

他们当中必定有几个人由海神变过来

专门来传人种，传手艺

有时在人间有时是鱼类

让女人懂得渔汛懂得怀孕懂得在一些节日

净身、拜佛、万事放下，

而这几个人

穿梭于潮水与石屋上的炊烟之间

反反复复地往来，替海神在人间担任男人

2022 年 11 月 9 日

大海没有多起来

有人总是往仓库里堆麻袋，就像

那个叫西西弗的人往山顶推石头，在山顶

与山坡之间，石头永远是来回走的

去往海洋的路途一直似有似无

精卫也越发怀疑嘴里所含的只是空气

最真实的所见变得越来越虚幻

——大海并没有多起来

我们所热议的千万条河流，最后只得认命

那名义上的归宿，并不见人数上多了谁

2022 年 10 月 25 日

小时候我是蓝色的

母亲说，小时我的身体是蓝色的

至今，仍然有海藻类的东西

依附在我的两条大腿，胸口，以及小腹上

我由此可以想到母亲身上的鱼纹

想到这渔娘简洁的身世，大潮与小潮

都是她与大海之间相互的巫术

之后便有了我，转移是必然的

我由蓝色转向现代的人类色，再看去

一脸的茫然中，对于自己的底细最是亲切

2022 年 10 月 21 日

我在大海上放养的那些小兽

不知那些活在浪尖的兽子还认不认得

我这个越来越垂老的人。当年

那些马驹，狮子，大象和老虎，甚至用来

传递情歌的鸥鸟，不知都活得怎么样

它们的毛色都是我给的以及被我

命名出来的，有的长鬃

抖动在向晚中加深了我茫然的形状

当年，我在与岁月对抗中

用完所有的手段后，结论是大海的

要归还大海，大海是它们最好的归宿

这些禽兽便被我放归海洋

在海边，如今再没有人认得我是谁

这个与天神一起在海水里养了无数野兽的人

2022 年 10 月 11 日

来自伟大的蓝

他们是一群罗圈腿，一群船人，一群晕陆人
来自码头，来自伟大的蓝
没路走是已经把海洋越走越窄
作为苍茫的儿子，一双脚有不用之美
他们的腿再也不能迈直
那被叫作波澜壮阔的，颠得很
一说到大地只是一张空床，便说到了
世界的空旷

2022 年 8 月 26 日

所有的毛皮都来自对大海的传承

那天，与人谈到动物身体上的斑斓

许多不分雌雄的赤裸者

或更张扬的兽

仿佛都是被大海放出笼外的

它们都来自崇拜和传承

每张皮看去都是荡漾的

其中一只长相在狮子或老虎之间

这家伙坚持说自己有

另外一张不容置疑的毛皮

心脏依然来自大海

承袭着蓝色气息间的呼吸

一辈子被告诫：你永远也跑不出你那张皮

2021 年 8 月 20 日

向大海学习呼吸的人，后来都很蓝

向犀牛学习尖利，向河马学习沉溺

甚至是向一条鲸鱼学习喷射

这些都不如直接向大海学习呼吸，以分出

左肺叶为潮，右肺叶为汐

看不住的血压就是有点坏脾气的

我行我素的洋面上的落差

活着就是接受涌动：海暴、航程、守望

也有月光与细浪的纠缠，甚至

灵魂出窍般露出蓝色的大肚皮

我像海那样大面积懒洋洋的样子

为的就是在天空下一呼一吸，为的就是

在星云奔涌中，拥有大潮中的恒定感

我骑着自己的狮子

在海面吼几声，天水间幻化出一片

海市蜃楼，像终于修成正果

又像左右为难的念想

现在，我果然越来越蔚蓝

并写出了许多让人惊疑的诗句

难道就是那个浩瀚，已经归顺在我的比喻中

2022 年 3 月 20 日

大海从来完好如初

魂魄破碎的人，上不了岸的人，再也没有

左满舵或右满舵的人，最后都要认从

你的完好如初

辽阔无边中这艘船是走投无路的船

被摔碎的海水后来又破镜重圆

你一直依靠着

命中的自愈，做黑夜，也做白昼

多么新鲜的尖叫新鲜的呼啸

波浪永远在寻找一副大灵魂

大灵魂就名叫潮起潮落，就名叫完好如初

2022 年 7 月 20 日

当我们处在一个入海口

坐在海边，一个入海口，便获知
许多逝去的时光又会回到这里
每一阵过往的风都很心虚
在内心也要停下来的样子
落潮分出了光阴中
可以复原与虚实探底的部分
以往漫长的年代
现在终于到达一个入口处
而能在大海出入的人
语言跟我们不一样，他到达
却也是面海而生，他说话
永远像第一次说出
而我只能跟随万物再次被大海归纳
他祝贺我在入海口处
终于把路走完或无路可走
面临大海得到了一个善终的结局

2021 年 9 月 15 日

海水的皮肤里

大海是地球最大的一张皮，皮肤下

是你我的时间，梦游的遗址，钟摆那样

大潮的起与落。它像一壶酒

一直躲在谁的身体里

醉汉是被你我设计出来的另一个人

有十八岁那般看不住的冲动

而这层皮以外，另一些潮汛

已经平息，世界又迎来

没有风声的一天

只有不安静的涌动还在波纹里

继续组成自己的形状

只有这张皮的下面，有人故意咳嗽一下

世界感到：谁在，谁已不在

关于波浪，最大的喧响

总是与你一次次在簇拥中荡漾开的

海水的幽香

2023 年 2 月 26 日改

群岛时隐时现

分散在海面上的牲畜

总是时有时无，总是有一些路径

被谁关合着，让我们找不到

它们啃食浪花的嘴唇

多么浩大的气息，我们看到了

这些岛屿的毛色

但摸不到它们在深海下的蹄印，我们

可以赞美星光，却追究着

海底更亲切的星空

它们总是让人一再模拟地去做这些事

摸索着身体中的小土地

是如何用脚步离析了自己的家庭

大地的飞鸟啊，你是否就是传说中那些

被咳出的喉结

2023 年 2 月 26 日

红海螺

大海也有抑制不住自己的时候，有一次

它大声咳嗽，结果咳出了

一颗红红的喉结。我就是那个

收藏大海声带的人

知道海底有伟大的荒凉

某个吹口哨者已彻底失去

高扬与承转的机会

在人海中，我有你们

硌痛掌心的花纹，蔚蓝的背景色

守着自己处子般的红

使用全天下在意的标志，一旦说话

波水便呈现关键的构件

证实海水荡漾起来的部位

依然与晨阳为盟

"永远有另一个房间，房间里

气体溢出来的声调是激越的

修长的手指摸了又摸那咽喉

那里，粗低音的男人仍为谁宽阔地活着"

2022 年 7 月 26 日

大海

说你的颜色是伟大的颜色够不够？或者

你有一张更伟大的毛皮

那么，你是只什么动物

妙不可言的体香，没有倒影，永远

在行进，却什么地方也不去

你每动一下，就会弄响世界

地球跟着你呼吸，世界的肋骨

一张一缩，出自你的排浪

和涨退潮，一进一退

在前进中后退，循环如初

酿成了一切都在来回走的尺度

许多国家只配做你的左邻右舍

而我与你有着具体的亲密

摸你如摸谁的身段，柔软又不羁

仿佛一把就能把世界握住

又是永远的无，永远的无从说起，不可说

2023 年 2 月 19 日

第二辑

听见波水间有鸟鸣，也听见
枝丫与枝丫之间
鱼在叫

底气

后来，我的鳍退化了，鳞甲也不见了
鱼鳃用来过滤水域以外的空气
沉浸、吐泡、扑腾以及产卵这些技艺
已演化成别的生计
但依然拥有底气，一直坚信
自己蔚蓝开阔的家底
那是我的万顷波涛，生命在涌动间
始终遵循潮起潮落的法则
我仍然维护着这句话："服从
大海的拂动，不动声色，不怒自威。"

2022 年 8 月 4 日

海是一部书

在我眼里，海是一部没有封面的书

可以阅读的章节有的详尽

大多数已经残缺不全

打折和涂写的地方都有故事

也有些是抒情性的闲笔

涛声里，有人早已在文字中

功成身退，笔意之间

到处是顾左右而言他，而海水中的

众声喧哗，不只是潮起潮落

也有正在赶来的海暴，用抖起的鬃毛

吼叫出风云重开的场面

大海允许被一再打开或掩卷细思

可你见到的海，有点散乱

也没有谁配写大海的序章

大海不是情节，不是旧章。在大海面前

没有谁是旧的。也没有谁是新的

2021 年 9 月 23 日

大海的逻辑关系

让人认识什么叫完整吧，无数的江河

奔腾而来，带着自己的脾气

话语，自以为是的逻辑

一到来就是霸气地占位与抢地盘

最会说话的那个，甚至亮出

一路轰鸣的家底，那人皆敬仰的

知名度，可以一脚踢开谁

甚至要海水挪一挪身位

而大海，只会消纳各种语言

消弭一切想独立出来的喉结

说到达并得到的都是盐和蓝色

都是荡漾开的一部分

涌动是共同的命，是命里的大逻辑

这里只有整体的呼吸

任何个体的喧哗，都有位置感

没人知道，你喧哗的地方发生了什么

2021 年 9 月 8 日

海上

海水里一定有条鱼叫项羽，另外一条

便是虞姬，边上的也是有名有姓面容鲜活

浪涌势大，英雄气短

一潮更一汐，又到了收网时段

楚歌起，狂潮息，渔鼓响处旌旗乱

或者鱼群也分成楚汉两营

以群分的阵势或聚散的流向

说出风生水起与大潮退涨

海水里还有另一个朝廷

在宽窄的词韵里将这条鱼叫苏轼

把那条鱼叫柳永，还分出婉约与豪放

色彩斑斓的红石斑便是李清照

当我也游进去，便有了

水性中的共时性，波水开合中

有现代诗与宋词的潮差，也有

各自自拟的鱼鳍与鳞片

咏叹间，落叶与飞雪才情万丈

那么好的文辞，咕咕吐泡时
都接近幻影，迷幻的海水中
尽是具体的鱼
泼剌一下，又仿佛是一阕失效的水调歌头

2022 年 8 月 13 日

大海难道不是一座森林

听见波水间有鸟鸣，也听见

枝丫与枝丫之间

鱼在叫

飞翔起来的鱼群，加深了云朵的气流

风或空气的托举

那么蓝，那么情不自禁地

振翅或沉溺在不可辨认的云水间

大海难道不是一座森林

会飞的与会游的都在我的辨认中

都接受了波涛与云天的安排

啾啾的鸣叫，被认定

正在接受你我的爱意

2022 年 7 月 14 日

这个时辰一盏灯还亮在霞浦海上

至少有三个不同方向的风在问

这个时辰为什么还有一盏灯

亮在霞浦海上？至少有三个鱼群

因为这盏灯的光芒无法入眠

至少有三个女人在三格木窗里

问着同一句话：点着这盏灯的

是否就是那个传说中的神？至少有

三朵花，这一刻已拿不出

心底的香气。夜是越来越深了

是一盏什么样的灯仍然在忽略

人们的探问，它注定要成为

今夜所有梦里的敌人

这块黑暗中的火石，使所有人

无法证实，它看守的秘密

今夜有没有一张合适于它的眠床

一盏什么样的灯，成了我们梦中的敌人

2022 年 2 月 16 日

超市里，遇见一个海腥味很重的人

磨刀石遇见了刀锋，爬山风被溪谷里的风

反吹过来时，愣了一下

这个晕陆人一出现，我便闻到

他身上很浓很重的海腥味

那在波浪间行走与跳跃的蹄印

这刻所呈现出来的行迹，感觉有的是

有的不是。古铜色的皮肤

很适合作为另眼看待的土壤

种植修辞学上的花花草草

自有它的声誉。我对他说：兄弟

让海水与浪涌说几句话

让早年的水手与今天的水手接个烟

风生与水起嗅一嗅便是

一拍即合的事，在这里

我们的话语很放肆但也很波浪

空间貌似为我们让了出来，锚地

也仿佛就在附近，却显然

要挤压到附近的谁，是的，地盘有点小

2022 年 7 月 15 日

贝壳线

百度上已经找不到对贝壳线的注解

但仍然有男女不肯罢休地沿着

上一次潮汐的刻痕，捡起

已变成空壳的传说，要死要活的色彩

涉及大海使用大舌头

飞溅出来的一粒粒唾沫

嗅一嗅还带有口香

沿着这条贝壳线直往前走，会想到

有修为的身体，都会留下

哪一些舍利子，并记起

凡是路过必留痕迹这句话

比如，涌动与发散的蓝色

有血性，还有风生水起间的印迹

当我们问及这条贝类线的形成

边上便有少妇偷偷摸了摸自己腹部上

那斑斓而迷人眼的妊娠纹

2021 年 8 月 22 日

我轻轻一哼，大海便站立起来

要小心应对这一些：脱手的杯子

额外又有的爱，还说拿得起放得下

但要留意着大海

留意它强大的心脏，愤怒一泼

又收回的血浆，一言不合

便立即吃掉大片陆地

与世人的关系，爱不像爱，恨也没有理由

而作为老水手的我，我有一句

对自己有效却不便对人公开

却又是最要紧的话，已被大海听进

在平时，我轻轻一哼，大海便站立起来

那样子就像我平时

叫自家那只小名叫"小强"的宠物

它毛茸茸的，热乎乎的

当然，走起路来，也是屁颠屁颠的

2021 年 8 月 17 日

在东冲口

在东冲口，伸手一摸便摸到了

大东海。如果手臂够长

再摸，又摸到了太平洋

更多的人，只是站在这里望洋兴叹

望洋兴叹是一种什么叹？难道是

想一口气就把东海掏干

再叹什么？或者终于可以

体会到，什么叫海水不可以斗量

在小木盆与大身体的比较中

笨蛋才认定，当中真的有一个赢家

也许还有一叹，那便是

在理性与激情间，把什么悄悄咽下肚

做个知趣的人，在这时

在此地：请你好好体会自己

心甘情愿做一个认命的哑巴才是无愧的

久久沉默。不语。甚至失语

让人指着你说：看！终于看见一个
货真价实，又胸有万千气象的哑巴

2018 年 12 月 1 日

水下读书记

在大海的肚子里读书，是我年轻时

服役于舰船声纳舱里的经历

一切都在水平面下的每行文字中

醒过来，同时也有波水

劈头盖脸地在脑门上奔走而过

"大海的蛔虫"，是我当年

躲在波水下与一本书对视的感觉

迎着向我冲来的波浪阅读

摸书的手也摸到了大海的腹部

与大海同呼吸，在文字中

摸书的手感全部是激流盖过的声音

阅读的书籍里，探究着

最深的含义在哪里，一部书

给了我机会，让我得知

生命的深浅在哪里？许多时候

恰好又是一个章节，让我又来到一个

新的码头，我出舱的感觉

非常假，又看到了多日不见的人间

2021 年 12 月 10 日

船舵

有人送给我一个废弃的旧船主舵

终于，一艘巨轮

开进了我的书房，我就此接受

某些无端的海事

手把着这艘看不见的船，任凭浪水鼓荡

书桌上多出一本航海日记

未知的航线连接着一群

身世隐秘的海员

航行灯是模糊的，但显示着

大海那陡峭的坡度

我成了操控虚无的主舵手

接受这分裂，还心甘情愿地

成为这艘无舵之船的主

并紧握一柄空气，斩波劈浪

在这里，我还有开阔的写作

跟踪内心的空幻，所有的表达正挣开

被什么一再掌控的力

语言颠簸而散落，为说而说
巨轮在轰鸣，文字在翻飞
双手忙碌，一切都为这艘似真似幻的船

2021 年 8 月 26 日

背景

喝酒者转身，发现自己背靠的是
一片海，这是意味深长的
海在远处涌动，还用
天生泛蓝的沉闷，遮掩自己宽广的沉闷
背靠大海喝酒的人
坚持着意味深长的脸色
独处，不能说
摸了摸肚皮，里头全是波澜壮阔的生活
及不与人说的空旷

2022 年 8 月 20 日

大海苍茫

什么叫苍茫？苍茫就是一再的深呼吸

越来越黑又越来越白的脸色

是抖动的上下腭之间无法组成的一句话

是不知如何是好的涌动

谁与我们四目相对，用蓝与天空

却不能安放一粒尘埃，以最宽敞的无垠

形成压迫

2022 年 7 月 18 日

我为什么还少女怀春般对大海一望再望

唉，对于我这样的一个老男人

为什么还会像怀春的少女，对大海

一望再望，像走投无路的

蚂蚁，满腹愁肠，嗅着大海

宽广的气味，并在海面

连续看到七八次日出与日落

这当中，我念念有词

说着自己也不明白的话

好像我本来就是来自海底的豪猪

海那头还有早年的森林

我还问今夜有几级大风，潮大潮小

想到水下骑马，用分身术

把马蹄上的花香，带回自己的省份

我的迟疑如此纠缠，生怕

一旦完成了倾诉，在岸上那头

便要失去海底的这些私生活

唉，多么不容商量的大海与海岸

让人不知如何搁置这蓝色的怀念
不可告人的念头啊，让我
像个怀春的少女一望再望
还企图说出，一只走投无路的蚂蚁
与大海的具体关系

2010 年 8 月 23 日

去往大海的路上

去往大海的路上，许多流水的脚趾都肿了
有的还扭伤了脚踝
有的水在半路就被人弄脏，大海在
远处喊："不要紧的，
到了我这里，你就会变干净。"
语言和气喘吁吁都是倾斜的，都向下流去
而大海一直是地球的高地
虚构了坡度，时光里经常是错掉的路标

2022 年 5 月 2 日

海上落日谣

每一次海上落日，都让我感到是
什么终于兜底。谁的谣言，再次
不攻自破
这团火，终于现身成修辞学中要归巢的小兽
变成还乡者，让人有点感伤
像那个袖口有点脏的孩子又趴在自家窗台前
我默默念着谁的名字和身世
相对于清晨时的日光，它现在就是破绽
谣言那样，落下

2012 年 8 月 18 日

四月，我有个舒适的座位

我拥有的风景使我永远停留在

那个年龄：在盐田湾古渡口的山头上

四周是箭草与野杜鹃根部

发出的鸟鸣，更远处海潮在上涨

那里有白海豚爱嬉闹的水位

将连家船上的渔娘当成另一只迷人的海妖

我吸了一口草叶香，再吸口

海风里浓重的海腥香

抬头望见众生在天底下纷纷落座的理由

为了这看见，我跟踪了我一生

2022 年 4 月 19 日

在霞浦花竹看日出

大日欲出，这个王，我与它相见两照亮
我不来，伟大的王仍然是万世独步的王
王不在，我仿佛便被取缔了这一天
海水正窃窃私语，窃窃私语
议论着一个雄浑的人，一个正在上升的人
一个可以变成一万人的人
出现。这值得仰望。这样的出场
符合万古传下的说法，除此，没有别的照亮

2016 年 12 月 18 日

只有大海没有倒影

只有大海没有倒影，分开了肉与身

无须借倒影查看，自己的身体正朝东或朝西

或者像哪个王朝，生怕被谁挡住

大山，城市，人群，狮子，甚至蚂蚁

纷纷花开见佛，对着自己的影子

疑神疑鬼，心事里还有心事，并被问

这又是谁的身体，既要见如来，又想见所爱

割下一块肉，影子也不能少

只有大海走走停停，从不看自己的身影

也因为没有，大声说话，自己就是尽头

2016 年 12 月 16 日

尾随着一只木鱼

霞浦的一团迷雾过后成了其他县的白云
另一个僧人下午已入境尾随着一只木鱼
山里方言已换成海边土语
山涧的流水依然不依不饶奔向大海
低头赶路的还有我，听老天爷的话
抱紧自己，拼命地抱紧自己
在天黑之前我绝不变成别的动物
但我要流落大海，并以鱼的身份
在霞浦的海上诉说白云之轻，打开木鱼之门

2016 年 10 月 2 日

三人颂

那日真好，只有三人
大海，明月，汤养宗

2016 年 9 月 11 日

夜里，大海会像一架钢琴自己响起来

房间里有人莫名其妙地

把烛光点满。夜深人静时，大海经常

会像一架钢琴自己响起来

仿佛不安的心还没有被命名，而空气里

无动于衷的一切都是假的

倾诉的人看去都带有

神经质的脸皮，很多大小动物

就睡在这块蓝绸缎里头，那叫习惯的

每一粒盐，都有自己的冲动

音符就从腥香的海水中涌动而出

我们站在微风里，大陆架站在

左边或右边，在这样的

认知中，那些手指头是厉害的

也等于大海又要把自己的房间照亮

钢琴自己响起来，有些快

也有些慢的节奏一排排拍向岸边

声音里世界显得永没有尽头

只有时间在呼吸，依然是古老而新鲜

2022 年 3 月 18 日

大海的家法

坐在东海之滨，我有不安，有更大的
父亲，又要活过来，取家法
骇浪与雷声里，身披着自己的词条
把动怒的理由按澎湃的路径
将一座海的左侧转换为右侧
海涛间有太多的是与不是
而大海只按自己的家法行事
它如期而至，蛮不讲理
并爱推翻业已建立的秩序，变脸间
海面上尽是紧张的呼吸
当它要翻找一遍谁在不在
自己的潮声中，世界便叫滴水不漏
而根本没有海底捞针这个词

2022 年 1 月 18 日

大海日出，这是新一年的时间

远处的海水正在变成牛奶。这是

新一年又要开始的时间。我们的身体

正以让光阴相认的方式

迎合又对抗着阵阵吹来的风

天色宜人，大海有杯子里的那种芳香

可以大口大口地喝掉

愕然间，人与沧海，也是伸手间的热饮料

排列在万物序列里的浪波

是鼓手，热烈，催生胸有成竹

那相互依偎的喧腾，飞溅起来时

才得知每人都有单独的激扬

而我是谁家小儿，面对金色的照射

有了呓语、战栗，与翅膀

观大海日出，我们站立的地方

真正成了地球的宅基地

身体涌出了孩提时的笑声，还有花木

古朴的气息，而天空又在

印证，大海对日出的呼唤依然没有违约

在喧响的人数中，大海一个

我也算一个。这就叫被照亮

皮肤里的鸟群，相信这一天的开始

就是机制，就是歌唱的理由

看啊，海水正在选择修辞，正在

全部变成牛奶，这刻如此芬芳

世界被沐浴，沉浸、抚慰以及深呼吸

祖国，你交代我看管的色彩都在

任何一条辩证法都服从于

这轮日出中的风生水起，披着光芒的我们

结成群站在了一起，不修边幅

显得有点大手大脚，概无别的大事一样

2021 年 12 月 20 日

一愣

人间尚有许多迟疑，理不清当中的没头没脑
但有点得罪不起
相对于大道煌煌、赞颂、光明行
凌晨四点的女人刘子媛，如是说：
"凌晨四点的鸡叫，提醒我，鲨鱼还没喂"

2021 年 11 月 23 日

俚语

在菜市场，感到语种

已经不够用，比如聊到将要买下的这条鱼

还喜欢与人谈到它在名称上

另两种偏僻的叫法，春季或寒冬

最可口，清炖胜于红烧

这样说下来，曲径真的通幽处

一条海岸已经在一拐再拐中

被摸到，也似乎在揭开一个人的服饰

查看到了某块胎记

而后莞尔一笑，感到一些字眼

一直有着深厚的身世和血缘关系

至少在口音上与它们有表亲

天下有许多字

在别人手里是简写的，只有在我们这头

是原版的繁体字，再用小语种一说

立即是：花在开，花香里有表妹的俏模样

2021 年 11 月 11 日

东吾洋颂

作为内陆海的东吾洋，你是大海洋中的小动物

你的骨感，体态，甚至皮肉里的

情欲，正按自己的步态走走停停

想起大海洋的睡相，又在远离人类的困意

而你正卧在自家的波纹里

热血宽广并且自信

并因海洋共同的制度，无视一切，闲适地荡漾

2017 年 4 月 6 日

语言

你通身都是语言，同时，你的通身
也都是嘴唇。谁来研究这
浩瀚无边的概括，说大海所表达的话语
从来未遇到阻拦
说出或隐蔽，都没有阴影
不会吞吞吐吐，从来是
在波水间一层层地掀开自己，像剥开了
自己的皮，说只有潮起潮落这条命

2021 年 9 月 13 日

海水里头的阴阳术

最好的宫殿肯定不是人云亦云的

海底的那头，工匠们的能力所能及吗

阴阳术被发挥得淋漓尽致

建立在梦幻中的各种手段

仍在潮涌中封锁着抵达的路径

他们不许我们参与这蓝色家园的建设

而光芒四射的建筑里只住着鱼蟹

世界隔开的这张蓝皮肤

接不上因果的思维，只僭越空间与障碍

2021 年 9 月 11 日

沉浸

以你巨大的沉浸之心，用来
养护我的嗜睡症
你没有包纳的都是残局
让人从这个码头到另一头
所躲避过的海暴、迷航，甚至触礁
也是悬浮的，而这之后，一切
必须服从于你的沉浸
"那些在海面上发生过的大事件
本来就用来受难，并让人观赏的"
只有高天上的蓝，映照在
你蓝色的镜子里，才能接近绝境
接近我们难以涉及的无
那里，再没有人指路

2021 年 9 月 5 日

那些岛屿，都是你我的星粒

一旦模拟地，任由身体上的一些意志

飞离自己：教科书中的大岛

与小岛，便出现

海神的定位仪看管着这些星粒

并在摆脱对谁的叙述中

校正着视觉，出入于你我的身体

而太会赶路的人，一直是

这些诗句里的萤火虫，它们飞，成为

可以数来数去的点点滴滴

令小区门口的母亲又一再告诫："别走远

走太远你就会被人抱走"

那群总是爱散步的人

是谁？走着走着，便走成了远方的星粒

许多国土是可以一把撒开的

给它们命名时，辨认是身体中

跑出来的一些小骨骼

对它们的轻轻抚弄，可以体验到

自己的体温

2021 年 9 月 1 日

潮水的脚步

每一次涨潮时我就从一数到十

坚持说你的脚步并没有

又退回来，那只是你

也作为一只动物的狡黠

看似什么地方都去不了

但作为王，你的步伐正抖着鬃毛

用低吼和响鼻

越过岭上那座最高峰

在涨潮与退潮之间

你对自己垫了一下脚趾

便知道世界有多远

云端那头有人早就等着你

他伸出手接住了你的手

每一次你都这样与人会合

没有谁的一种迈步，可以这般器宇轩昂

2021 年 8 月 31 日

大海的另一端还是大海

日出在这头，落日在那边

大海的另一端还是大海，万丈的布匹

要送给在船头张望再张望的人

踮起脚尖，依然在怀疑

走向前方的自己肯定再也不肯回来

这真是早已设好的局，置身局外的那个人

是比大海更宽广的神

设定下万古波水间的来与浪涛外的去

谁也不曾在海面上留下足印

浪花像无数的羊群现身

过后又疑惑这是不是牧场，没有了去向

2021 年 8 月 21 日

大海就在附近的铺位

几乎是所有的夜色里，大海就在

附近的铺位上。丰腴的人在海水中转身

呓语或磨牙。逻辑被分辨

热爱修辞的人忙于在呼吸感

与个性化的语感间

排列出谁与谁的体位，呼与吸中

大大咧咧的样子显得酥软

也显得舒坦荡漾

而我依然感到这当中还有谁

在潮汐间使眼色，鱼群

从他的左手转移到右手

大海夜色苍茫，我与海的嫡亲关系

经常从这张床睡到另一张床

水光迷人，辨不清鱼咕声

与另一个房间里婴儿的呱呱声是啥关系

相拥的人，为何在夜里交换掉身体

2022 年 7 月 10 日

夜宿东吾洋

又回到东吾洋，夜里昏睡在它的岸边

血脉又得到了梳理

海潮絮絮细语，让人一一明白

我叫什么名字，是这里谁家的儿子

靠这片海写诗起家

每次出远门，对人说起你的蓝

就像是塞给人一座江山

我叫你母亲海，心头发慌的时候

就会赶回来作一番纠缠

现在这个人已满头斑白，作为你的老儿子

对人世已然翻书过半

而一听到你日夜起落的潮水，又感到

心仍然停留在第一章

2021 年 8 月 19 日

雾之海

在雾之海，我听到的全是玻璃碎裂的声音

水之上，一些弹琴的手指
已经无法摸到所要的琴弦
不存在的磨砂玻璃，使我摸到了
什么是海的边缘

一座铺着一万顷玻璃的琴房
就这样暗下来了，在这之前
它是一万匹雄马的草原

现在，马的嘴唇一再地
被自己的草色烫伤，我在船上
我的阴影比这艘船还大
海上之雾，让我们习惯性的浩瀚寸步难行

不，这不是我的手指为之跳跃的琴房

也没有马唇为之狂喜的草色
大海遇到了自己血脉里的敌人
我在海上，听到四面都是
玻璃被敲击的声音

2023 年 2 月 14 日

我的地理

我的地理是一条迷宫般的海岸线

在闽东一个叫霞浦的地方

那里水气迷蒙，人神混淆

潮水磕磕碰碰，不知要涨起还是退缩

天养出水怪天从来不管

葬身鱼腹的人使一些鱼在水下

呱呱乱叫，你想替代鱼

把话说得更响亮吗

这里不说话的人被大海限制了声带

开口的，像我，断断续续

不玲珑，不左看右看

大鲸钻出海面喷水，喷了也仅仅是

对身体作出一次挤压

2008 年 3 月 16 日

海螺颂

这只海螺为那些经典的耳朵跃出海面
它的金嗓子，在市面上
没有价格来谈论它的声音，挑出螺肉的人
知道什么叫内心中的柔肠百转

对于海之声，螺守身成
最后的螺唇，它发出的语气波纹声线起伏
握住螺身的人，也握住了
大海的乳名，这海水间裹着一层壳的处子

海潮在自己的咳嗽间经常会咳出
一粒喉结，我们握着一只海螺吹成号声
我们用大海真正的声带说话
螺号响起处，人类找到了世界发音的声母

2023 年 2 月 15 日

第三辑

伟大的蓝色，你什么也没有动
你掀动自己，一层一层地掀开自己
我看见你的手，从自己的身体深处
又收合在身体深处

伟大的蓝色（长诗）

一、我曾经有个名号，叫水手

我就是那个传说，苍茫的儿子，有过

逃亡的经历，跟着云朵漂洋过海

并活到了现在。我就是

自己的天水线，在浪尖叫喊过

"下一个码头就是命"，就是铁树开花

对此我认领，无法另辟蹊径

却成为在最后消息中来回走的人

我渡尽劫波，是迷航之王，脸一次次黑掉

活成让人一再错愕的样子

我就是那个被风暴通缉的人

见证过满海的波水全都变成了石头

我爱上起锚，也爱上自己的浮沉

那让人在浪尖呼喊的，便是

万世的空阔，航线这样画那样画

你们有聚集与散场，而我一再地人去楼空

大地，就是我特意让出来的一张空床

二、说到一座海

说到一片海，肯定是说到森严与界限

同时又说到它的三五张面孔

以及，又描摹到浪间的大脚与小脚

大海永远是多的那边，划出

它是，我们不是；空阔是，愤难平不是

我们与人争吵，一说到潮起潮落

双方立即认命地从戒律中涌出泪水

一切又都不如只说到苍茫

只说海水的气味，一具最弥漫的身体

让人迷恋于对升腾与退却的认从

当你得知海的全貌，却总是

受制于自己的家族史，不知道何为大东西

三、那天，大海坐左边，我坐右边

"三人便是小朝廷，可分亲疏或提鞋开溜"

那天，与人说到古人用于脱身或扭转了危局的伎俩

这时大海跻身进来，像当年被窝里

讲掌故不许走开还相互掐身体的伙伴

这就是世面，事关我与谁的亲热

又遭遇小身体与大辽阔的问题

现在起，我们沉湎于空茫与蔚蓝色的神聊

万世隐显，白云北去

星辰与潮汐要么璀璨要么沉寂

我记得

说到这些时，大海坐左边，我坐右边

四、只有你不可以混迹于万物

在大街上，会反复遇到一些

身心恍惚的人，她们泄露了

自己的体息，说致幻的东西也有让人

用手摸上去的冲动，这事也覆盖到

许多动物之名。但只有一具身体的味道

能令你弄清世界在哪里

或者嗅一嗅便知道接着要怎么活

并臣服于它强大的势力

这就是大海的腥香。永不混迹于

琐屑的万物中，全人类跟着它呼吸

生死或聚散，要或不要，所有人都活得

心中有数，神意上，一再荡漾

五、大海知道自己最深的地方在哪里

多么难缠的事，有人又问到，海是不是

真的滴水不漏。还有，身体被海水

夹住，影子是否落入无底的深渊

这成了来历不明的万世之忧

说大海也有最不想见人的体位

相当于你把手插进一只老虎的深喉

掏出它看管得最紧的珠子

大海知道自己最深的地方在哪里

那地方奇香，说到等于要掀开紧掩的胸口

露出一颗谁也不让看的小痣

六、那些在海上消失的

那些在海上消失的，后来都成了

大海的一部分，成为思念或大理石

或是白云的身影，聚散的要素

连同那永不再回来的，罹难前的深情一瞥

过后都要融入大海的呼吸，砌进一座

蓝色的金字塔，成就沧海横流中

弥漫的叙述，时间在此中早已设下因果

海上又有新的风暴，说光阴的魅力

就是让我们既爱大海的裂开

同时还爱着它所倡导的一连串光辉的弥合

七、浩瀚的声音大海的舌头

你通身都是语言，同时，你通身

也都是嘴唇。谁来认同这

浩渺无边的概括，说大海所表达的话语

从来未遭遇到阻拦

说出或隐蔽，都没有阴影

你的舌头如有巫术，亘古的发音

无需吞吞吐吐，公布世界

荡漾中的汛息，这就是定力

在波水间掀开自己，每层浪都像在剥皮

裸露着不管也不顾的肉身

万物早有序列，那致使波水众声喧哗的

后来又被拿掉什么，像告诫

又像在行使自身的大脾气

我们的异议天生只是小语种

在大海面前我们的话只可以归纳成一句话

说大潮如歌，来自这万古如初的歌喉

八、孤独的牧羊人

在天地留下来的底牌中，我依然

是个孤独的牧羊人

一个人与一座海，多么缠绵的看管关系

当大海的喧腾，转眼间

又成为我肉身里的低喃

这是一种归属，我就是那个舞动着羊鞭

怀抱大海另一些小肉身的人

浪尖上牧羊人的家庭形散神不散

羊会凭着自己的知觉

成为大时空的一些词汇，又用它们

瑟瑟的眼光讨教我什么叫归栏

而我的身世是自己的空旷

一生替大海牧羊，出没于自己的蓝色牧场

九、在另一个维度里

我已获知，大海里不仅有星光城

还有微洼地，在丹麦海峡

一条比陆地上落差更大的瀑布，将海注满

许多河流在海水中又找到水路

在另一个维度，宣告我们失败的

常识，海水借靠新的伦理

自顾不暇，谁也不管我的愕然

我的女友也是当中的申辩者，她曾喜欢

骑着狮子在草原上看星星

如今只关心海水里另一面没有黑夜的天空

认领下这些金光闪闪的错觉

大海再一次与我们握手言和

往来于此间的人，我算一个，但就是

没有合适的修辞手段，与你说清

十、花地

说到你才是真正说到花地。这是赞颂

而非辨认或觉察

自由，喧响，不断绽放的地盘

有时是气味，有时是烈焰

这遍地的浪朵都是花开的魅影

大海有太多的蜜汁在认与不认间飘散出来

浪花里赴宴的侏儒，原先是花农

现在已忘了身世，行踪诡秘，不知去向

忘情的浪波抛却花的本义

成为最好的花朵

沧海任性，总是看不住自己

要怒放，用那鼓荡的魂和不安静的香

十一、天空在下，大海在上

镜子已经分不出内外，更何况是

在两面镜子之间，光影

相互反驳，又成了：天空在下，大海在上

这是互为致敬的伟大的蓝色

视觉中色块在漂移与腾挪

变幻的海空，学问循环，自带明暗关系

并行使着许多相互纠缠的手段

天空看见了天空，幻象

又生出别的幻象，对应着这种换取

所有的航船正行驶在白云上

飞鸟仰望头顶鱼族，成为出格的魔法

多么宽阔的虚实互抱

两个有效的地址，在对换身体，见证因果

十二、问潮汐

遇到太多问，问潮汐。问一艘船去天堂的

时差，又问潮水一退再退

是否也会露出那彩陶般的肚脐眼

而一位母亲与一位妻子在岸边的等待

有共同的底线

当海难停息，浪水退缩，唯有潮汐知道

谁还活在苍茫的另一头

说过这句话，大海的脸又开始

渐渐变蓝，好像只有这颜色能覆盖一切

"谁是站在海岸—想再想的人"

辨认者依旧双眼空茫地一代代死掉

只有潮汐还活着，用大潮小潮

说出自己的长句与短句，心事浩瀚又茫然

十三、大海说

你四处都是话语，四处都在喧响，同时

发出的声音，永远有神示的性质。请支持

这浩瀚的喧哗，说此说成立

大海的语言传达着大神灵的心愿

涌动或静默，都是大事件

当手一层层地剥开自己的蓝皮肤

世界没有伤口只有喧腾的热血

什么叫大自在？大海说："我就是自己的

最后一句话，自从有了可以说的第一句。"

十四、大块头

你就是宗教里的大块头。你就是

人人要修度的这一头与那一头

再虚渺的对岸，都与我有关

而拥抱你的身躯单有左手与右手够不够

在海水中攀援，我拥有另外的高度

并令倒影飘动，并伙同鱼儿游弋在云天

这幻象深陷，渊秘，不可测

过去幽灵做不到的事，如今我

一做再做，流着泪一个人默默地享用

大块头啊大块头，对你的膜拜

就是死心塌地站在时间一边

我明知我很夸张，却依然什么也不信

说热爱大海就是去就义，就是给永恒许诺

十五、认下这宽广的海茫茫

踮起脚尖，认下这宽广的海茫茫

就是认下一场命局，沧海横流，日月沉浮

认下潮汐失信，无法对接

说好的码头与未知

我总是在这条航道上怀疑正身处于

别的水路是另一个望乡的人

伟大的时间给了大海孤傲的要素

大水起伏，只服从于

更大的恒定

对此，我只好认下自己的海茫茫，永不辩驳

大海造就了我的命，我命空旷

十六、一部天书

作为阅读者，我自以为已与历代

翻书的手一样，找到了当中详尽的章节

也在残缺不全处，探究

故事的着落，以及用闲笔逸出另外的才情

不要轻易打开沧海

浪水背面，是梦之帝国的原籍

它查无身世令人望而却步

而掩卷作沉思状的人万世层出不穷

大海无字，无字处只留下致敬

我曾自诩对大海具有独辟蹊径的修辞之力

说了什么？至今两眼空茫

十七、最讲信誉的液体

在你面前，我与谁都不过是时光小贼

最后，依然什么都要输掉

又要回到你身旁，再认什么叫航向在天边

感叹落日浩大，而生死

依然无法在这具肉身中

说清大世界与小人生的沉浮关系

多少年代过去，许多事不断被人颠覆

种豆得瓜，真幻都仿佛是命里的宿仇

只有你是亘古中最讲信誉的液体

也是铁板一块

对于什么是石沉大海或者突然的横空出世

波水恍惚，一再责令我们不谈，不叹

十八、家底

后来，那些光芒四射的人群

都离我远去

为应付所剩无几的生活，我已

不再苦思冥想，纠缠着事物或自作多情

遇见故旧如磕碰古木

过冬的种子——撒向火堆

又对着镜子，找到了回不来的人

有人终于要纠正我

说我还有一座海，在我曾经写出的

诗歌中，这是真正的家底

醒悟于这个提示，我为何又开始荡漾

那反复汹涌的潮水，多么多情

让遗落在人间的老水手

得到了一道赦免令

"海水里一直保留着你的胎音"

我想走开,灵魂却一直携带着生命的蓝

十九、伟大的蓝色

伟大的蓝色,你什么也没有动

你掀动自己,一层一层地掀开自己

我看见你的手,从自己的身体深处

又收合在身体深处

你什么地方也没有去过,到达的是

天空里的声音和呼吸

你把肺叶借给白云,但白云是错误的

行动的还有你的大脾气

当我这样说出,我的语言正在浪花四溅

当我沉默,我是一粒喧腾的盐

一切的奔走都是假象,伟大的蓝

只停留在伟大的身体中

秘密的脚,也是对世界秘密的诺言

张开是为了拢合,上升只为了回落

你就是自己的尽头。这蓝

世界的皮，撕开，一颗永远滚动的蓝心脏

2021 年 8—9 月初稿 / 2022 年 10 月再改

第四辑

你听听，就是这种声音，这谜一样一再
待确定的动静，世界的胎音
显示着漫漫的时间，却没有具体的嘴唇

东冲口，坐等日出，作于海岸

大好，茫茫东海从未漏过一滴水

大好，东海之上白云往来依然无需与谁对证

大好，在东冲，你打开我的诗歌

读到：普天之下，海水是情怀，白云是梦想

开阔，翻涌，漫不经心，日又复出，永无背叛

2017 年 10 月 28 日

海之声

你听听，就是这种声音，这谜一样一再
待确定的动静，世界的胎音
显示着漫漫的时间，却没有具体的嘴唇

感应到这声音的形状是圆的
呈现出弯度，纯银那样高贵，自我孤立
但没有一只手可以随随便便去抚摸

那是一种元素，与听与不听的耳朵
其实没有关系。那是光阴与热血的作坊
一切企图靠近它的神经会变黑

它才不跟我们一问一答，像呓语
一片漆黑；像某地址，真相从真实到虚无
但它的脚步显然在山体和白云上奔跑

它在我们敢于想象出来的迷宫中

正传出回响，没有刻度，也不具有
我们想要的距离，让一切能从中得到复制

听到这声音，我们会再一次醒来
看到荷马与博尔赫斯坐在一起说话
丽达和叶芝的天鹅会在同一面湖上歌唱

这声音是一个圆形上的点，对一切
相互启发的点：使古罗马的雨落在我居住的
小城上，雨改变的方向，也是声音的手段

我感到，但不能看见的是它不容分辩的
能力，这浩瀚的声音相当于神的表情
我们的身心只能臣服从于它对我们的置换

不要说，我与谁同谋，而我保留着
这种风格：一生对大海模仿与剽窃
学习它说话。一生也说不出一句自己的话

2023 年 2 月 13 日改

正月廿六，在东吾洋又见中华白海豚现身

它们现身的那一刻，肯定有

高僧或高贤之士，在是与非的两扇门之间

路过，那恍惚感

正好可以用来说离散

或坚守没有被人挖掉眼睛的话题

接着又下沉了，仿佛这是

隔着两个年代，你们是以

古人的替身突然回来

我念念有词，银白色的鳍与背

终于再次拱出，仿佛谁

心有不甘地再转身与我见上一面

这回还发出那久违的豚音

孤绝，凛然，最高度

在世上，这声音已多年听不到

却一再在舞台上被人模仿

苍茫大海上，浪水突然花开清香阵阵

2020 年 2 月 22 日

有寄

终于有了什么叫酒后。你我摔杯，推门而出
我朝南，你向北
像所有贼子完成了私下的分赃
从此北方的晚霞都是你的
用作感叹，也用作无由来的泣不成声
我依然看管海边波涌中的日出
轻轻哼一声，大海便站立起来
天下从此清净
说好的永不思量，也永不再想起：你的姓名

2021 年 8 月 13 日

伸往大海的巨礁

望海处显然已无路可走

心怀大鹏之志的人

寻找天地间有没有留下一些记号

用以解答插翅难飞，用以

申辩：不为人知处

海神终究要

替我们再做下一些手脚

只见天然的巨大礁石直伸海面，海水

裂开，这里便是

人们说的"仙人指路"

天地只伸出一根指头

说深蓝便是出路，乱走的云

与惊慌的兽才相信其他意义

2020 年 10 月 3 日

台风

它的核心形容词叫：胖大海
苦药，一泡就大，变大的过程
有点糊里糊涂，而我叫脾气，体积
或当于相扑运动，分不清
腰与屁股，以及有不可捉摸的转身法
“这胖子！”气象台噘着嘴
用尺子在谁肚子上量来量去
类似于观察一朵黑牡丹将要展开的魔法
“我要收拾你！”而且开始出手了
你我行我素，我关山失守
半径及速度成了热搜，成了地方政府圆桌上
滚来滚去的石头
我打电话给家住海边的某女孩
“不要出门。这回在你家大门口
真的站着一条大灰狼！”

2020 年 7 月 12 日

半岛上的"牛脚趾"

半岛的尽头处叫牛脚趾
脚趾之外，是深渊与跌落的边缘

伸往海上的陆地一路奔跑中紧急刹车
人间止步，幸好有了这脚趾
悬崖勒马这个词
依然有效，它很落实
类似得失于一颗螺丝与螺帽

而悬空处，是孤绝的心
大海一激灵
海崖立即转过了身，它不爱世界的失足

我堕落的心也曾这样在一念中差点沉沦
被谁提了个醒，吓出一身冷汗
而最后的力
全部用在几个大小不一的脚趾丫上

2018 年 1 月 12 日

听海涛

我知道，那些老虎，那些大象，那些更远处
非洲平原上的狮群，以及
作为小鱼小虾的麋鹿，獐，猕猴，獾，猎狗
活与不活都在这云水苍茫里，听话
与不听话都活在自己的命中
奔突，起哄，结结巴巴或大声喧哗
永远也没有机会水落石出
只有我，脱离出来，听它们一阵阵低吼
沧海横流，我泪流满面，不知怎么是好

2018 年 2 月 3 日

十间海

我有十间海，住着人间最美的心跳
十万亩牡丹在海面发出月亮的体香
海的十间房，每间都是星宿的房号
海神住这头，仙女在那边沐浴梳妆

去云上投宿的人，这里就是落脚处
为命运问路，大海点亮了一帘星光
今夜适合醉生梦死，适合内心起火
适合优游适合抛掷时光，适合魂不守舍地冥想

2018 年 3 月 13 日

东吾洋

东吾洋是一片海。内陆海。我家乡的海

依靠东吾洋活着的人平等活着

围着这面海居住，连同岸边的蚂蚁也是，榕树也是

众多入海的溪流也是

各家各户的门都爱朝着海面打开

好像是，每说一句话，大海就会应答

像枕边的人，同桌吃饭的人，知道底细的人

平等的还有海底的鱼，海暴来时

会叫几声苦，更多的时候

月光下相互说故事，说空空荡荡的洋面

既养最霸道的鱼，又养小虾苗

生死都由一个至高的神看管着。在海里

谁都不会迷路，迷路就是上岸

上苍只给东吾洋一种赞许：岸上都是好人

水里都是好鱼。其余的大潮小潮

像我的心事，澎湃、喧响、享有好主张

2018 年 8 月 21 日

到处都是水

有两三样事，至今纠结，一提起便没有好结果

(一) 大海到底会不会漏水

(二) 雨人与他手中的火柴，还能怎么办

(三) 写出以上两行，发现

每个字都是披头散发的，湿漉漉的，样子不堪

到处都是水，到处都是潮来与潮去，大水汤汤

2017 年 11 月 9 日

无人岛

终于明了什么叫没爹没娘，一切都可以
任凭自己疯长，时光不但可以乱抛乱掷
还可以披头散发，不知老之将至
谁也不必去管岸边的老螃蟹，拥有三妻六妾
天雷也不管海岩的石洞里，一个人
被海鬼顶用的魂魄
最快乐是岛上的野山羊
对于我，我们在两头各自沉湎于各自的
它们有被人嫌弃的山羊胡和小锯齿
我也四处留下小粪，并有偷偷喜爱的蕨类草

2017 年 11 月 6 日

鲸落

终于，一片大云落下，同时

也是一座孤岛下沉

海水腾出了一块地盘，水温更凉

终于，我把自己拿给你，把路

让出来，海空了，请赶紧用餐

我开始腐烂，可死去

在关上一扇门中又打开了一扇门

生与灭真是为难的逻辑

少掉的海又要多起来

海底又出现了一座村庄

又有多出来的迷幻

迷幻就是好吃的大餐

无论放在哪里都是好食物，请赶紧

来吃我，相对于你说的石沉大海

我成了你的粮食

一鲸落，万物生。一块铁石，最深情

2021 年 10 月 16 日

拥戴与舔抚

对于大海也有退群书，渔寡妇

以及电报中那艘罹难的沉船消息

万物早有序列，人们拥戴过的

早就排列在我的拥戴中

但那致使我们多起来的

又突然要拿掉什么，做下这些时变成另一个人

带着这个渔村的地方口音

我们的异议天生是小语种

万世的人谁也不能让你

让出主宰万世的地位

悲伤又用另只手放我们头顶

活着有窄路，领死的

还在向大海领死，我的渔村啊

又把抱怨变成对海洋的期待

这拥戴广大无边也无法摆脱

躲在僻静处的我们，对什么一再伸舌舔抚

2021 年 9 月 2 日

压舱石

我所理解的压舱石不是石，是渔人

一次次对海岸眺望的眼神

是风声中船老大推上舵的臂力，是一首

古老的渔谣，谣曲里唱的是

日出一定会在东方的海平面升起

而现在的海暴是暂时的，巨浪的痛觉

也在打磨倾覆与脱险的悲欢

压舱石其实就是这条命

在大海中事关沉浮的不认输

那浪涛中古铜色的表情就是站立船头的

领命，就是又一次在风浪里呼喊

"稳住舵！我就是我自己的最后消息"

2023 年 2 月 12 日

半岛的腰

从来没有一块土地的腰具有半岛这般感性

丰腴的，或者水蛇般地

可以让一块土地扭动起来

远远看去，我现在才知道自己的故乡

是有腰的："我的出生地叫沙江半岛"

现在，每次写简介，我都会

习惯性地摸了摸自己的腰部

感到那里是硬朗的，也是生动的

与我的来历有关，也让一个人

搂住谁的腰身便感到土地的温润

我有一双老天爷给的手

经常两手叉腰，使一块土地显得很有底气

2023 年 2 月 11 日

烧海的人

用一口锅放在海水底下烧，并不是没有
可能。如果被指认的这个人是海神
纵火的人或者玩火的
便一定是我。每当海水喧沸
是我鼓荡的火候正在得势
我要让这片自己的海域难以自控
并情不自禁地澎湃起来
这个在锅底下弄火的人
不但掌握了海水与大火之间的亲密关系
还怀着一种冲动，总是爱
给自己的海加一把火：让沸腾
成为一种常态
沸腾的海不是为什么，而本来就是什么

2023 年 2 月 10 日

老水手的清晨

高枝都伸展在波浪下，啾鸣声

发自海螺口，海草里，以及感性的鱼唇

作为老水手，这是我的通感

鱼鸟互换，并可以走进对方的身体

我无论从哪条海岸醒来

都会问及海底的鱼是否都已起床

并跳上我窗前的树枝，而发生在

屋檐上的跳跃与梳翎，以及

颤悠悠的小舌尖，昨夜都泡在

海水里。现在它们都很忙

也在辨别我的理解力，在游来游去中

从这条枝桠又一头栽进波水里

我给鱼类另外的高枝，门前的草径

也是某条水路，翻转的世界

来自我与大海间的身位：在一个

老水手眼里，所有的陆路都通向波浪

2023 年 2 月 7 日

东吾洋上的三桅船

物种少了，包括不是物种的三桅船

包括投映在海面上的帆影

细看，有不断多出来的神鸟之翅

并直接不再隐藏别的身子

这是我少年时的东吾洋，一艘三桅之船

可以变幻而形成别的名称

与别的身份，使水中翅膀不可数清

海面上的它，不断在增多

天上的云朵也是其中联盟的一部分

因为这艘三桅船，早年的我

最爱把什么混为一谈，也最爱与人顶嘴

这也符合东吾洋的哲学

多出来的，都是海上人家需要的

在无声的变幻中，日子越显得多重性

如今，这种船不见了，我看了看

才真切感到，这面海显得落寂的样子

2022 年 12 月 30 日

四礵列岛

神遗落的星粒每一颗都是惊奇的

有的被海鸟衔放在海上，选用作家址

在海洋与天空之间，转换成

一次可能的变形，有的正以岛屿的身份

让大海有了一次拐弯

在波水中从此出现行为的尺度，经过的

航船，都得转身，像顺从于神的天令

必须接受它们的排列

穿行于这些四礵列岛，所有的呼吸

都是急促的，被浪花雕琢过的礁石

留下了海神的手法与脾气

让人有理由相信，海雾弥漫的某个时辰

那个大仙又会悄然回来

再用他的心气，安放上另外几座小岛

而我们永远无法问明它们的前世今生

这些海岛，使大陆架有更多的万古愁

它们发散的石头的美

让来到这里的人，反而感到自己是外星人

2022 年 12 月 20 日

一个人的东冲口

一个人摸黑来到海边，一个人的东冲口

一个人占领着一座海，好像我不来

这里就没有天亮

或来迟，日出又必须重来一遍

大海的语言热烈宽广，为了举起这轮火球

而我，是日出唯一的见证

我有小骄傲

世界应该知道，是我的参与

才打开了这一天

在东冲口，我与天地同一日，两厢喜相见

仿佛我来了，这一天才来到

2015 年 10 月 3 日

海底五角星

后来，在我所看管的满天星斗中
许多星粒已掉落，成为水下人氏
呼吸是海底的呼吸，粮食再不是辽阔的大气
像我那些落魄的朋友，怀揣霓虹志
却终以草民自居，神情肃穆
显得仍被高远的什么纠缠不清的样子
我去不了海底，天空也只能仰望
但在怀想谁，或每每
为低处的光芒慨叹命运弄人
所谓星汉灿烂，依然在市井上被人混为一谈

2022 年 12 月 22 日

最大的见识

李不三问我：这辈子

你最大的见识是什么

答：见识了大海的涨潮与退潮

2014 年 9 月 7 日

蓝

我的故乡是蓝的。我的方言也是蓝的
满嘴的海藻味也蓝得很。向波浪学习呼吸
风生水起中，将广袤的海比作蓝色的牧场
我全部的家当都来自蓝色，他们问我
在你的族群中，蓝相当于一种什么地盘
答：除了生命底色，蓝还是种本能
一次献血中，我竟输出了纯蓝的液体
从此相信，自己一直在使用着大海的血浆
浩瀚的太空，只有一粒星球是蓝色的
这是被我染出来的，我霸道地涂刷着我的血浆
另一个诗人说，一切都约等于蓝
这不行。在我这里，一切，只能全部来自蓝

2012 年 11 年 15 日

天堂村

这个渔村就名叫天堂

是人间，又仿佛有点远

一百多号原住民的

天堂，现在仅剩下三十余人

天堂是个减数，天堂人的手艺也是减数

活越干越觉得有点假

他们不习惯出远门，好像活在这

就是活的终端，而大多数人

沉浸在结巴症的苦乐中

对于最节省的话，人人心中有数

这里最好的东西，叫海风，一年四季吹

最坏的东西叫男人，出海时

一不小心又要少几个

他们争吵时，说："错了的，还能对？"

相当于错就是命

相当于命落海底的，就免除再说

回头是岸。这让人顺藤摸瓜，比如尾巴

是错的，但有人偏偏想象长在身上

我沿着一条非常屌诡的路，走进这村子

问："这里叫天堂吗？"

答：是是是是，天堂

2012 年 8 月 3 日

想起一些在海上死去的人

有时，鱼会叫醒海底一些人的名字

有时，我会认出某条鱼就是海水下的谁

深夜里，我的咽喉会无缘无故地

发出红石斑鱼的叫声

在蓝蓝的波水之下，又会突然想起

海底的水温，是否适合那些亲切的乳名

经常是，一双鱼目，两盏灯火

由远及近沿着水路向我逼近

想起那些死在海上的人，我的

被叫作水手的兄弟，在萋萋海草中

多少鱼目，又睁开了，你水光四射的眼睛

2022 年 12 月 12 日

收拾

倾覆之事总是发生在树梢之上

接着才岂有完卵

鸟宁愿一错再错

仍要服从世代传授的鸟巢的制造法

听命于什么叫

被收拾与无枝可栖

在另一边的地之头海之角

渔村的海滩上

上午对着船骨还在哭滩的妇人

傍晚，又把儿子送出滩头

在收拾与不可收拾之间，去做一个渔汉

2022 年 12 月 10 日

海神

我最终找到的海神不是别人

是家乡这些身体上有海藻味

要吃要喝，把这面海

放手心里为云放手背上是雨

干起活来一再虚实相生

谈女人也善于繁简相间很有章法的渔民们

他们嗓门粗野，大手大脚

作为神氏都活得很自在，也有的

会在海上意外死去

更多的，喜欢在夜里与海底里的谁一起搞酒

2022 年 12 月 8 日

起风了

海面上谁正在使用嗅觉

风在若无若有的波纹之间轻轻拂动

水上面响起了雨点

那天空下湛蓝的大海

雨滴在向下倾倒中像是反过来的落叶

纷纷飘向空中

这是场身心与视觉被颠覆的幻象

天上在下雨，而雨水又飘落另一面天空中

起风了，风修改了这亦幻亦真的现场

海水被轻轻撩起，要大面积地复原这

至美又乱人心的画面

2022 年 12 月 6 日

光影霞浦

跟着一次日出是一天，跟着连续的
七八次日出，也是一天
这里叫霞浦，身体是用来被涂抹的
云霞在天水间倒下油料，也倒下
用来鼓荡波浪的词条
光影变幻着人神互为致用的居所
大海聪明
用自己的逻辑组合理由
既拥有光怪陆离的时间
也牢牢把握着身不由己与变幻无常的伟大的蓝

2022 年 12 月 3 日

大海的声音

可以立即想到，海面上彩旗在飘扬

可以想道：这是血浆

这是天地许可的热血在鼓荡

深夜，在海涂的远处，潮水又在兴起

让我再次领会地球仍在转动

大海依然没有漏掉一点一滴

不断迂回的涌动，辽阔、热烈、周而复始

从波浪到波浪，依然不慌不忙

一直身负着一项亘古以来神秘的天命

正上气不接下气地走走停停

2022 年 12 月 16 日

防御台风，在大京沙滩，劝退一群诗人

台风"苏拉"要来了，十四级

大京沙滩还有上百个游客不肯撤

要找死般硬在这里找乐

要作波特莱尔，在炸药库边点支烟

表达一下做人的强大

我是代表政府来劝退的

对一群特别兴奋的年轻人说："狼真的

要来了，你们还是撤了吧。"

答："错了，正是冲着这样的大浪，我们才来。"

"这划不来，这要死人的。"

"你不知底细，我们是诗人。"

"据我所知，诗人中

怕死的特别多。我也是诗人。"

他们不相信这个胡子花白的人

竟胆敢把自己也划在这个行列中

更不相信一个替政府当劝导者的人

也配得上当诗人

我又说

"为什么诗人总是不听诗人的话？"

这回他们恼了："如果你是诗人，那我们是谁！"

2012 年 8 月 2 日

台风夜杂感

老家台风特别多，昨晚又听见屋顶上

一群狮子在撕咬，接着

又转为吕布、关羽、张飞、曹操这帮

身手不凡的人在轮番唱秦腔

也料想到，结局只能惘然

一些细碎的念头，来路不明

却交错地与我息息相关

比如书房里多出了一些

问不出底细的小飞虫

谁知道它们是不是狮子，抑或败下阵来的三国猛将

2012 年 8 月 8 日

我的海

中国最曲折迷幻的一段海岸线

是我的海

小时我在海边撒野，说粗话

估算礁石上的男人与白云的距离

度量不出天地间的我离你们有多远

现在它名声大噪，被拥戴

成为海岸与滩涂最佳摄影地

这让我惊讶，小样的你出息啦！证实

我小时的地盘值得我撒野

证实现在大量涌进的车辆与三脚架

是因为我的撒野才跟进来的

我成了被人翻出的陈年老账，翻出了

身体的这一头与那一头

但这些景色我再不能做主，并奇怪

他们坐在那吃面包汽水，也谈情说爱

家伙朝东朝西，选角度、光线

这边明那边暗

像吃菜，左一小筷

右一小口，总找不到身体与大海的通道

我早年亲爱的涂鸦或粗话

与他们再不能共适时，再回不到那时光

2010 年 5 月 15 日

一个挑鱼苗的人也挑着一担幽灵

那个挑鱼苗的人也挑着一担幽灵

他的左肩点着火，右肩刮着冷风

肩挑的东西也叫种子

这叫法令人心事摇晃

这些有尾巴有鳍刺的小家伙

都来自我的老家，它们有名字

有部分属于祖上的先人

我在城里做事多年，能辨别的星星

已越来越少，但我认得它们。

绕着这担鱼苗，赞美它们

人所不知的面孔，实际是要蹲下来

多呆上时间，它们有的

被我摸到，我喊声大伯

没有谁注意到这当中的秘密交往

2009 年 9 月 24 日

虎斑鱼

出于对海洋的敬畏老虎在海水下
留下了一张皮。这让我
常常听到有谁在潮汐里发出辽阔的咆哮

辨认着波水间海草被践踏过的痕迹
那海底下的身影不再用隐藏
而是说盘踞，相关联的还有浪尖的啸荡

这海水里形象最火爆的水族
我不知它的邻居有谁，与谁交恶
却想象着什么是天空的口腔及黄金的牙齿

海水中永不熄灭的火是一张老虎的
鱼皮，它令深山里的猎户老是读错典籍
而渔家常常有一见倾心的斑斓
身在浪尖，疑在深山

2023 年 2 月 15 日

片段

很深的海底，透明的一堵墙隔壁，贝壳里
我的美人有洁癖症，也怀着云团
她有穿针引线的气力，并爱闻
晨曦中的味道，探听雨水与花事
扫地，每天把门前打扫一遍，而后喃喃自语
"贝壳已经张开三次，我的男人还没有回来。"

2007 年 3 月 1 日

在海上，我是诸神中的一个

在海上，我是诸神中的一个

我的身世是海水里亘古的密码

我的呼吸是不断起伏的波纹

大海一次次神秘的低喧，因为我的引领

出现了三千条水路

鱼群有了众声喧哗的丰唇

满身鳞甲的星宿跳来跳去

让鱼腹中的颂词与渔谣不知该从哪一头

显现神谕，水族们知道

无所事事或者信足漫步

都符合这个神的意志，都在本来的庇护里

2023 年 2 月 17 日

致大海书

很浪的海上，能做什么？把所有的

波浪、鱼类、大水中落日，爱一遍

见识了一些小鱼小虾

暮色又在催人命。之后等老去，心跳变快

又变慢，对人说：我是个有爱的人

两手沾满了海腥味与人腥味

那些喧响的，急过与不急的事

水无常态，举起又放下

也很浪。反理性。大潮起落，带着时间的脾气

船头六亲不认，但认得，在人间

这当中，我只与诗歌消磨了一场

一事无成的欢乐。浪子退场，潮声依然在海上

2014 年 12 月 15 日

向两个伟大的时间致敬

——写给"中国观日地标"霞浦花竹

两个伟大的时间，一生中

必须经历：日出与落日

某个时刻，你欣然抬头，深情地又认定

自己就是个幸存的见证者

多么有福，与这轮日出

同处在这个时空中

接着才被一些小脚踩到

感到万物在渐次进场

以及什么叫被照亮与自带光芒

另一个场合，群山肃穆，大海苍凉

光芒出现转折

仿佛主大势者还有别的轴心

落日滚圆，回望的眼神

有些不舍，我们像遗落的最后一批亲人

面对满天余霞变得悬而未决

认下这天地的回旋

大道如约，接纳了千古的归去来
这圣物，秘而不宣又自圆其说
保持着大脾气
万世出没其间，除此均为小道消息

2021 年 1 月 23 日

我为什么仍像个怀春的少女对大海频频回望
（后记）

汤养宗

我关于海洋的诗歌，最初的主题来自母亲的哭泣。

电闪雷鸣与瓢泼大雨中的瓦屋下，母亲的哭声与屋外的暴雨同样震撼人心，邻居赶海的男人们都上岸了，唯有我的父亲音讯全无。潮水一步步逼近滩涂岸边，讨海的人必须赶在潮头抵上岸前回家。否则这意味着，年少的我可能就因为这一次风暴要失去父亲，而母亲也会从此没了支撑起这个家的男人。母亲提灯来到夜色中的海岸边，撕心裂肺地一遍遍向大海喊着丈夫的名字。父亲一次次有惊无险地从海上回来，让我自记事起对海的印象便是生死与无常。

大海给我的主题还来自我与它之间的人生互动与精神体验。

后来，我当上水兵在深水下的军舰声纳舱下有了读书的经历。我的第一批有选择的文学书籍就是在这里偷偷读下的。声纳舱处在海的水平面之下，这个战位平时就我一个人，有大段大段的时间是可以任由我来支配的。舰船行进中等于人就端坐在海的腹部中，能听到四周都是流水声。我非常惊奇于这种感觉，在阅读文字的同时波浪劈头盖脑地从周遭及头顶穿过，而我此时也带着对文字的思考而全身心地沉浸在这种神奇的海底穿行中。过后军舰停下，爬上甲板，我已经来到了一个全新的码头。合上书籍的我，如梦初醒。

有时我想，如果我不写诗，不出意外地我至今可能还是故乡小岛那个渔村上壮实的渔汉子，我也会娶上一个自己意中的渔娘。可是我爱上了诗歌，一切也便就拐了个弯。

我的诗歌写作最初是从写海开始的。起初具有"从实招来"的意味，充满了对故乡及个人经历的感想。类似于母亲哭泣的语气会不油然地在这些诗歌中冒出来。面对这些文字，我成了语调独特的倾诉者。

现在的作品则是多出自海洋与自己在精神上的融合而模糊了现实性的边界限制。事实上，此时海洋在我的心目中，是当作一块高地来认识的。海洋留在文字里的形态已从原初的"外形识别"逐渐被多维与变形的"意会"所替代。从无形处关联到更多看不见或被投射过来的人生与现实的感受。感到一首诗的入口处也是大海的入口处，我这个对大海倾诉了几十年的诗人，突然意识到自己这层身份有了证伪问题。在这里，每每书写时便感到有个人开始要验明正身那样拿我对口音与暗语，或者伸手往我的袖口里捏两下再扯三下，或者查看我身体上的某块胎记，所有的林林总总，都是为了提醒我，你是否还是那个海洋诗歌的"自家人"。

无疑，我身上仍然流淌着蓝色的血液，我仍然够格地属于大海。

　　我依然像个怀春的少女对大海频频回望着，现在，我已把大海当作向世界作最后诉说的重要对象。在文字中，我不但把自己当成大海精神的体验者；更多的，我已把自己直接当作了大海的精神。

　　2023 年 3 月 2 日